살짝 망하고 조금 귀엽게

행복은 슬며시

살짝 망하고 조금 귀엽게

행복은 슬며시

시미씨 만화

느린
서재

망한 하루에도 슬며시

속으로 '망했다'를 외치는 날이 많다. 겉으로는 느릿느릿 걷고 있지만, 마음 속은 늘 걱정과 잡념으로 복작거린다. 그런데 이 책의 제목은 한껏 긍정의 기운을 품은 『행복은 슬며시』이다. 예전에 그렸던 그림일기에서 마음에 들어 꾹 눌러둔 문장이었는데, 막상 제목으로 정하고 나니 또 마음 한구석이 복작거리기 시작했다. 어쩐지 '너는 꼭 행복해야만 해!' 하고 무언의 압박을 받는 기분이랄까.

지난 겨울, 밤새 뒤척이다 겨우 아침을 맞은 날이었다. 침대에서 밍기적거리며 눈만 꿈뻑이고 있는데, 아침 햇살에 노랗게 물든 벽이 보였다. 특별할 것 없는 풍경이었지만, 매일같이 해가 뜨고 또 새로운 하루가 시작된다는 사실이 새삼스럽게 위로가 되는 순간이었다.

고레에다 히로카즈 감독의 영화 『괴물』에 이런 말이 나온다. "몇몇 사람만 가질 수 있는 걸 행복이라고 하지 않아. 누구나 가질 수 있는 걸 행복이라 부르는 거야." 이 말처럼, 누구도 소외되지 않는 행복. 그저 특별할 것 없는 일상에 조용히 스며 있는 기쁨들에 대해 이야기하고 싶었다.

그런 기쁨들 중 가장 큰 비중을 차지하는 건, 매일 나와 붙어 지내는 털북숭이 단이다. 밥 먹을 때마다 사료를 몇 알 입에 물었다가 톡톡 내놓는 모습이 얼마나 귀여운지, 아그작 아그작 씹는 소리는 또 얼마나 경쾌한지, 나는 늘 얼굴을 바짝 들이밀고 구경하곤 한다. 단이를 가족으로 맞아들이기 전엔 누굴 돌볼 여력이 없다고 걱정했지만, 지나고 보니 오히려 내가 돌봄을 받고 있었다. 귀여움이라는 이름으로 말이다. 망한 것 같은 하루에도 슬며시 있다. 강아지 발바닥에서 풍겨오는 꼬순내처럼 하찮고 다정한 행복이.

이 책은 2019년, 단이가 가족이 된 이후의 그림일기를 모아 만들었습니다. 반려인 '진', 귀염 뽀짝 '단이', 그리고 분량이 거의 없어 미안한 도마뱀 '도마'까지. 이렇게 네 식구가 함께하는 날들의 이야기입니다. 기억하려고 애쓰지 않아도, 문득 떠오르면 슬며시 미소짓게 되는 그런 하루들. 소파에 털썩 기대어 앉듯, 편한 마음으로 펼쳐주시면 좋겠습니다.

오늘도 '망했다'를 외쳐도,
행복은 슬며시.

2025 봄, 시미씨

차 례

1부

슬며시 가족

2부

바라보기만 해도

3부

단순한 하루하루

우리집 〈 전지적 댕댕 시점 〉

가족 소개

시미씨

마음은 급한데 머리와 손이 한없이 느리다.
걱정이 많은 것이 걱정이다.
사소한 기쁨을 수집하고 기록한다.

진

요즘 들어 부쩍 '회사 가기 싫어'를 입에 달고 살지만,
정작 누구보다 일찍 출근하는 반려인.
귀여운 것을 좋아한다.

단

말티푸. 2016년 9월생 (추정).
애교가 많고 영업용 미소를 지을 줄 안다.
사람은 좋아하고 개는 싫어한다.
(정확히는 무서워하는데 허세가 있다.)

도마

크레스티게코 도마뱀. 2022년 10월생 (추정).
혼자 있는 걸 좋아하지만 조금씩 가까워지는 중.
멋진 속눈썹의 보유자로 미소가 귀엽다.

1부

슬며시 가족

뜻밖의 동거

가장
큰 변화는

2019년 1월

그럼
이따 봐~

네~
다녀와요!

많은 일이 일어난
한 달이었다.

탈북숭이 식구를 맞이한 일.

그 시작은 시댁에 일어난 뜻밖의 사고였다.

다행히 인명피해는 없었지만
집은 전소되었고

맡아줄 사람이 없는데
어떡하니…

여러 사정이 얽혀 갈 곳을 잃은
강아지가 있었다.

저기…
미안한데

일단 탄이를
우리 집에 데려와야
할 것 같아요.

아~
아! 그래요.

그럼
탄이 밥이랑
이런 거,
아무것도
없는 거죠?

그렇게

탄이
귀여운데

이제 우리랑
살게 되는
건가?

털북숭이와의 동거가 시작됐다.

잠깐…

사실 나는

아니야, 귀여운 건 한순간이지.

아직 뭔가를 잘 돌볼 자신 없는데.

대놓고 근심

난 나도 귀찮다고.

귀엽긴 하지만

좀 부담 스럽기도 하고

그 작은 털북숭이 식구가 더해지는 생활을

너무 쉽게 걱정근심에 사로잡혀 버렸다.

음~ 그래도

귀여운 털뭉치잖아!

은근 설렘

상상하는 것만으로도

휴—

일어나지도 않은 일 왜 걱정하니. 정말 싫다.

단, 하나뿐인

좋다, 단이!

으으

우리는 이 털북숭이 식구를
'단'이라 부르기로 했다.

헤
헤헤

이름 바꿔주고 싶은데,
갑자기 이름까지 바뀌면
혼란스럽겠지?

연탄처럼 까맣다고 '탄'이라 불렸던 강아지

단, 어때요?

'단 하나뿐인' 의미를 담아서!
'탄'과도 비슷하고.

할머니

어, 엄마~
여기!

단이가 온 다음 날 아침.

엄마까지
아침부터
고생이다.

고마워요~

괜찮아. 내가
도울 일 있으면
도와야지.

전날 밤

너도 출근하는데 강아지는 어떻게 해?

어쩔 수 없죠, 뭐. 당분간 혼자 있어야지.

그럼~ 너 일 다니는 동안 엄마가 봐줄까?

단이는 당분간 친정집에 맡겨졌다.

띠 링

엄마

앗, 단이 ♡

그날부터 시작된 엄마의 문자.

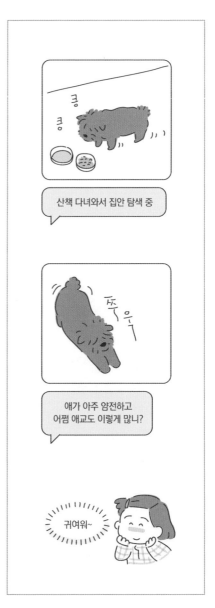

쿵 쿵

산책 다녀와서 집안 탐색 중

애가 아주 얌전하고 어쩜 애교도 이렇게 많니?

귀여워~

다시 재택근무로
돌아오면서
단이를 데려왔다.

둘이 아닌 세 식구의 일상을 상상해 보며
작은 설렘을 안은 채

단이의

또 한 번의 이별과
새로운 시작.

할머니의 마음을 사로잡은 단이.

선 넘는 강아지

강하게 키운다!!!

엄만 네가 독립적이었음 좋겠구나.

단이가 침대 올라오고 싶나 봐.

아~ 단이는 이불에서 같이 잤나 보다.

파바바바 파바바

… 오빠

난 침대에서 같이 자는 건 반대야.

쩡

냉

처음부터 자기 집에서 자도록 길을 들여야지!

으응, 그래야지.

단아~ 너 여기 안 돼~ 엄마가 안 된대.

짜잔~

헥 ? 헥헥

휘~ 나만 아주 나쁜 사람이네.

우리들의 첫날밤은 그렇게 지났다.

뒤척

일어나
야지...

쪼옹긋

헉 헉
헉

단이~
일어났어?

헉 헉
헉

사실 이 귀여운 동물에게
인색하게 굴고 싶진 않았다.

하지만
아직 마음의 준비를 하지 못했기에

안~돼!

너 여기 올라오는 거
아니야~

예전엔 어땠을지 몰라도
로마에 왔으면
로마법을 따라야지.

일단 정확한 선을 그었다.

왜~ 올라오고 싶어?

흠…

단아~ ♥

?

...

일단 기싸움에서 밀리지 않는다.

귀여우니까 한 번만 봐주기.

안 그래도 비만인데

관절 상하면 어쩌려고.

어디서 들은 건 많음.

그렇게 걱정이 하나 더 늘고

얘 혹시

천잰가?

콩깍지가 씌워져 갔다.

단아~ 이리 올라와 봐.

엄마한테 와.

어머~~~ 똑똑해라!

침대를 차지한 단이

편식하는 강아지

단이는 식탐이 없다고 생각했다.

무엇보다

매일매일이 잔칫날이었다.

치명적인 할머니의 사랑!

덕분에 단이는 터질 듯한 몸매를 자랑하는
편식하는 강아지가 됐다.

물론 강아지답게

너 먹는 거 아닌데~

눈치를 보게 된 나.

잠깐만, 잠깐만~

단이 기다려!

삶은 계란

고기류와 파는 간식은 다 좋아했다.

늘어만 갔던

...

우물 우물

과자 몰래 먹기 스킬…

출출 하네.

쀼 시락

어쩐지

개초보

034

처음 맞는 봄

오랜만에 찾은 동네 산책로

벚꽃축제가 한창이었다.

단이와 함께한
첫 번째 봄, 벚꽃, 봄 소풍

꽃, 강아지

불편하고 행복하게

단아~ 이리 와.
엄마랑 자자.

침대방

탁

헥
헥

졸려…

작업방

타타 탓

처음엔
침대에 올라오지도 못하게 했었는데

어느새

내 자리를 다 차지해 버린 단이

내 마음까지 다 차지해 버렸다.

오늘도

불편하고 행복하게
잠드는 밤

우리 애는 그런 애가

평소에 맛있는 냄새가 나면

왜?

맛있는 냄새 나니?

혜 혜

파 바박

어머~

단이는 어쩜 이리 얌전해?

먹을 거 달라고 안 하네.

우리 먹을 때 안 주니까.

다 먹고 나서 챙겨주거든.

단이는 음식 앞에서 점잖은 편이다.

흠~

우리 애는 좀 다른 것 같아.

엄마들의 흔한 착각

자기도 안아달라 보채긴 하지만

킁 킁

안아 올려주면

오와~

식탁 위를 탐색한 다음

043

포기하고 의자에 누워서
식사가 끝나길 기다리곤 한다.

그러던 어느 날.

음, 애매하게
남았네.

아까운데…

하지 마.

아니야.

헤헤

얄짤없다는 것을 깨닫고

♬ 어쩔 수
없네~ ♪

딱 한 캔만
더 해야지!

난 괜찮아
더 못 먹겠어.

ㅇㅋ

단이는 말을 잘 들으니까

아, 맞다!

단이 안 돼.

헤헤

오징어 숙회

고기 세 점

사과 두 조각

홍어 무침

한 번도 상에 입을 댄 적이 없으니까

김단.

너 이거 뭐야?

꼬기 누가 먹었어?

현행범 검거!

슬금 슬금

음?

… 하고 너무 방심했다.

이놈 짜식 왜 먹었어?

으들 으들

우리 애는

귀, 귀여워!

고기 차려놓고 신경 안 쓴 엄마가 잘못했네.

그런 애가 맞았다.

꼬기가 맛있어서 꼬기를 먹었는데 왜 꼬기를 먹었냐고 물어보다니.

엄마 바보다. 그치?

반성은 나의 몫.

하지만

이 노옴!

귀여운 표정 보고 싶다는 아빠에게 또 혼났다.

죄가 있다면 너무 귀여운 죄

수상한 푸들

아는 분한테 분양받았는데 푸들이래.

음… 푸들

뭔가가 달라 보였지만

반곱슬

아유~ 귀여워라.

몇 살 이에요?

그런가 보다 했다.

세 살이요.

아직 애기구나.

어쩐지 털이 윤이 나고 좋네!

어쩜 이렇게 까맣니?

…들이라기엔 많이 다른 것 같은데?

?

그러고 보니

그런데

무슨 종이에요?

언니네 집 (초코푸들) 꼬야도 털이 빵실한데

곱슬

곱슬

단이는 뭐랄까.

얼굴은 반 생머리에 몸통은 반 곱슬.

아~

푸...

곱슬

곱슬

토이 푸들

앞과 뒤

'말티즈'와 '푸들'이 교배된 종을
'말티푸'라 부른다고 해요.

선빵의 쓸모

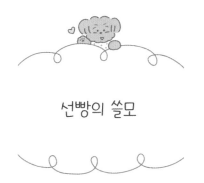

평소 보이지 않던 것들이 보인다.

두리번

단이와 산책을 다니면

어머 어머,
위험하게

세상에,
세상에!

매우 두리번거리게 된다.

유난히 두리번거리는 또 다른 이유는

단이가 매우 자유로운 영혼이기 때문.

정신없이 방향 틀다가
내 발에 차일 때도 있다.

차분하게 산책하는 아이들을 만나면
부럽기도 하지만

단이를 보고 사납게 짖는 개를 만나면

얼마나 반가운지 말로 표현할 수 없다.
(이상한 아줌마로 보일 테니까)

보통은 단이가 먼저 짖기 때문인데

하지만 상대 쪽에서 먼저
앙칼지게 나오면 대체로

의젓한(?) 단이가 된다.
(같이 짖을 때도 있지만)

길 가다 다시 만난
짖는 강아지

선빵의 중요성인가?

단이는 상대가 크면 클수록

안돼!

크앙 깡 깡

맹렬하게 선빵을 날린다.

단이 그만!

깡깡 으흐

평온

대부분 큰 강아지들은
훈련이 잘된 것인지
살포~시 무시하고 만다.

단이는
산책할 때

친구 만나는 걸
싫어해요.

집에선 순둥이인 단이가
밖에서 싸납쟁이가 되는 이유는

개들도
이쁨 받는 거 알아서
주인 빽 믿고
그러는 거야~

정말 애들하고
똑같다니까!

큰형님

주인을 지키려고
그런 거래!
개가 얼마나
충성스러운
동물인데.

부비

아이구
이뻐라.

부비

셋째 아주버님

054

등의 다양한 의견이 있었다.

그리고

언젠가 떠난 가족 모임으로
단이의 또 다른 실체가
드러나는데…

괜찮은 척했지만
(개사세)

단이는 펜션 근처 애견카페에서
하루 묵기로 했는데

1박 2일

다 같이 가니까
너무 좋다!

추석, 가족 모임으로 1박 여행을 떠났다.

단무룩

다시 알아보니까
개는 안 된대.

〈 숙소를 예약하신 〉
셋째 아주버님

안녕하세요~

애견카페엔 많은 개들이 한데 어울려 있었다.

바로 다른 강아지들 틈에 놓아주셨다.

카페 주인분은 단이를 받아서

단이는 바닥에 놓이자마자

엉덩이를 땅에 닿을 듯 낮추고
온 바닥을 쓸어버릴 기세로

꼬리를 흔들어 댔다.
표정은 또 어찌나 순둥순둥한지.

… 데???

사회성이 없는 줄만 알았는데

지금
복종하는
거예요.

여기서
서열이 제일
낮으니까.

개들이 사는 세상 = 서열

현재 서열 = 불가촉천견

그냥 사회생활이 싫은 거였니?

단아~ 잘 놀고 있어.
내일 데리러 올게~

058

짜~식이 산책할 때는 그렇게 달려들 듯 짖더니…

와…

그러니까.

산책할 땐 엄마 아빠가 너무 든든했던 걸까?

근데 저놈 하는 짓 보면 어디에 떨궈놔도 살아남을 녀석이다.

그 와중에 뿌듯

서열 최하위…

떼어놓고 돌아서는 마음이 짠했지만 무리에 잘 어울리는 것 같아 다행이었다.

다음 날 아침, 카페 문 여는 시간에 맞춰 단이를 데리러 갔다.

낯선 곳에서 영문도 모르고

얼마나 힘들었을까.

애

틋

괜한 걱정이었을까?

○○○

평소와 다름없는 단이를 보니 그런 생각이 잠시 들었다.

059

밥...

단이는

밥그릇에 얼굴을 박고 사료를 폭풍 흡입했다.

평소엔 사료를 하나씩 물고

카펫 위로 가서 '아그작'
또 하나 물고 와서 '아그작'
그렇게 느긋하게 먹는 아이인데...

그리고는 피곤한 듯
금세 곯아떨어진 단이.

집에서 예쁨만 받다가
사회생활 해보니까
많이 힘들었나 봐.

그러게~
옛날 어머님 말씀
생각난다.

이놈의 자슥
밥도 못 얻어먹고
다니냐?

괜찮은 줄 알았는데

역시 사회생활은 힘들다.

세시 반의 남자

단아~
단아!
단이야!!!

귀
찬
능
, , , ,

이리 와~
여기 여기!

밤이면 밤마다

하지만 단이는

이뿌니~
엄마한테 왔어?

아빠랑 가서 코~자
엄마 일해.

엄마 껌딱지다.

단이야~
단이야.

우쭈쭈~
아빠한테
와~

꼬셔보려는 남자.

시미씨~
나한테 단이 좀
데려다줘.

하지만 어딘가

어긋나 버린 사랑

또 다음 날

벌써 세시 반이네.

언제 끝내냐.

우연인 줄 알았는데

너…

시계 볼 줄 알지?

헥헥

세시 반에 알람 맞춰 놨니?

의심스러운 너~어?

타 타 타 티-

틈만 나면 내 의자를 노리는 단이.

엄마 일하지 마?

엄마 언제 자?

3:34

점점…

길들여지는 중

언젠가부터
산책 후 집에 들어오면

들어가자~

단이
들어와~

미묘한 신경전이 일었다.

신경 쓰지 않는 척
앞서 들어가지만

요지 부동

신발장 앞에서 버티는 단이와의

미묘~~~한 신경전

처음에는

아마도

문턱을 넘으면

바로 발을 닦았기 때문에
그랬던 걸까.

대화로 잘 풀어보려 했지만

(당연히) 통하지 않았다.

물론

만능키는 자제해야 하는 상황.

그래서 생각해낸 방법이
모르는 척하기!!! 였다.

간식이라는 만능키가 있지만

일단 흥얼거림으로
네게 관심 없다는 걸 어필! (어쩐지 얄밉)

그렇게 모르는 척
볼일을 보고 있으면

어느샌가 올라와 있는 한 발

그리고 두 발,

그러면 타이밍이 된 거다.

아는 척해 줄 타이밍.

자존심이 있는지
먼저 아는 척해 주지 않으면
선뜻 들어오지 못하고
자꾸 눈치만 봐서~ ㅎㅎㅎ

이제는

그렇게 들어와 발을 닦고 나면
드디어 산책이 마무리되는 것이다.

척하면 척! 전자동 단이
(물론 마지못해 하는 거지만)

비법은…

신발장 앞에서의 꽃단장을
몇 번 경험했기 때문!

그렇게 조금씩

서로에게

길들여지는 중.

농성 중인 단이

072

까만애 털찐애

늘어가는 건

일하다 문득 뒤를
돌아보면

어
머낫

동그랗게 말린 몸에
얼굴을 묻고 있는 단이가 보인다.

찰
칵

종종 핸드폰을 들고 연신 찍어보지만

어디가
어디야?

까만 털뭉치 사진뿐.

까매서 슬픈 순간

이 귀여움을 담을 수 없,다-니...

그나마 좀 낫다.

대충 얼굴이나 꼬리 정도는 정리해 줬지만

폭신한 털이불~

헥헥

겨울을 맞아 털을 마냥 길러줄 생각이었다.

반곱슬인 등 털이 자라서 갈기처럼 보임

개인가. 사자인가.

얼마 지나지 않아 갈기 있는 개의 형상이 됐다.

너무 노숙개 같나?

덥수룩

싹둑 싹둑

아이고 이런... 아프겠다.

스슥

더구나 털을 기를 수 없는 진짜 문제는 털 뭉침이었다.

발목 안쪽이
많이 뭉친다.

털이 길수록 평소 빗질을 열심히 해줘야 한다.

여보세요?
미용 예약
할게요!

본인 머리도
간편한 게
좋아서 숏컷

다행히 주제 파악 빠른 편

빵
빵

빵실한 아이들을 보면서
이쁘다고만 생각했는데

7시에
연락해 준다고
했는데…

단이 미용 맡기고
근처 카페에서
기다리는 중

집사들의
피땀눈물
이었구나.

부지런함 없이는 불가능한 일이었다.

미용 시간이 길어지면

괜히 초조해진다.

유리창 너머로
작업실이 조금
보이는 구조

태초에 근심 걱정이 많은 편

아, 네 지금 갈게요!

낯선 쪼꼬미가 되어 오는 단이.

얼굴이 이렇게 작았지.

이렇게 쪼꼬미 였는데.

목도 이렇게 길었지.

살쪘다고 걱정했네.

단이야~

엄마 왔어!

가끔 전체 미용을 하고 나면

보드랍고 따듯해.

부비

부비

쓰담쓰담 홀릭

아~

맞다!

그랬었지.

이젠 어느정도 모양은 보여요...

잔잔한 날들

날이 좋지 않아서

날이 적당해서

날이 좋아서

어서 이 시기가 지나가길 바랐던
모든 날.

어느 주말

더 꺾어야지.
더, 더, 더

닿을 것
같은데?

넉넉해.
탱크 지나가.

어! 우와~

이렇게 봄이 온 줄도
몰랐네.

어떤 아침

발이 안 시려…

꼼지락 꼼지락

정말 포근한가 보다.

눈 뜨기도 전에 봄기운을 느꼈다.

단이
일어났어?

부비

반짝 행복한 순간들

함께 출근

자연스럽게 녹아든

겸사겸사

방구석 작업자 생활

생활 방식

어언 6년 차

출근

2020년 초봄

어쩌다 보니

뭐야.

너 왜 들은 척도
안 해?

귀여우면
다야?

아유~
꼬랑내

구수해라.

부비
부비

누룽지씨~

단이야

김단~

근데!!!
애가 아주
누룽지가 되도록
네 아빠…

보자~보자 하니까
아주 그냥!

꾸릿
꾸릿

단이 ➡
목욕담당

단이와 함께 출근할 작업실이 생겼다.

083

출근하게 된 일터는

화재로 전소됐던 단이의 옛집(시댁)

그 집은 여차저차한 사정으로
기본적인 골조, 지붕 공사만 마친 채로
1년 이상 비어 있었다.

그 집 수리해서 시미씨 작업실로 쓰면 어때요?

수리할 돈이 어딨어~

아, 그거는

시미씨 그 집 수리해서 작업실로 쓸래요?

응?

그해 초

대출?

조금 받으면 되지!

종종 말이 나오긴 했지만

그래~?

인생... 뭐 있냐.

그것 참 재밌겠다

어쩐지 그런 마음이 들었다.

에휴-

됐어요.

얼마나 번다고 작업실을 빚까지 내서 해요.

욕심도 자신도 없었는데

그럼~

좋다. 좋아!

공사하면 얼마나 드는지 알아나 볼까?

'견적이나 알아볼까?'로 시작한 2차 리모델링 공사.

합리적이고 스마트했던 팀장님의

단이와 함께 출근할 작업실이 생겼다.

반전 매력과 함께 대환장 공사를…

아무튼

작업실 지킴이

부부의 세계

다 알고 있다

오빠, 화장실
안 들려도 돼?

응!

결혼 전, 두 번의 수술로
초민감 장을 얻게 된 진

매운 거 먹어서
신호 바로 올 텐데
괜찮겠어?

응, 지금은
괜찮을 거 같아용.

잠시 후

위기의 남자

결혼 4주년

휴~
큰일 날 뻔
했네.

근데 오빠
맨날 배 아파하면서
어쩜 그렇게
한 치 앞을 몰라?

ㅋㅋ

그러게

아깐
괜찮을 것
같았는데~

이제 그의 패턴은

ㅇㅇㄱ~
나도 알 것
같은데…

난 당신의
미래가 보인다.

오빠…

손바닥 보듯 훤하다.

많이 먹으면
배부르지?

회요

다 알고 있다!

용하시네요.

~고 생각하지만, 과연…
그는 누구인가?

결혼 4주년
기념만화

너의
짝꿍으로
살아간다는 것

진에 대하여

- 결혼 4주년 기념 본격 남편탐구생활 -

선풍기 바람 나한테도 온다.

아 그래? 미안.

에어컨 + 선풍기 콤보

진은 더위를 많이 탄다.

으~ 너무 추운데?

선풍기까지… 자다 보면 추울 텐데.

체질이 다른 나로서는

이제 꺼도 되겠지?

나름대로 그 정도를 가늠해 볼 뿐.

으~ 더워…

뭐지? 방금 껐는데!

아직도 예측불가의 영역.

오늘 엄청 덥다.

아침엔 추울 줄 알았는데.

내가 권해서 입은 가디건

연일 비가 내렸던 어느 날.

안 더워요?

응, 괜찮은데?

089

여러모로 예측불가.

어쩐지 마지막 인사

어느 날

어젯밤

새로 산
진의 셔츠

092

꽉 채운 결혼 4년

손잡기가 어색해질 줄은 미처 몰랐다.

우리 손 되게
오랜만에 잡았나 봐.
순간 어색했다!

어어~
나도나도.

알 수 없는 인생…

저기요?

4주년 기념
만화라며?

응! 알 수 없는 인생.
흥미진진하잖아.

그리고
4주년이라고
더 이해했을 거라는
편견을 버리면
마음이 편하지.

심지어
유익하기까지.

늘 단이와 함께 다니며

단아, 아빠
기다려야지!

천천히 가고
있을게요~

응~

다른 패턴에 익숙해졌던 우리.

그리워하는 시간

문득

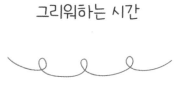

갑작스레

혼자라는 생각에

행복하다가도

침울해지던

어떤 날들

때로는

언제 그랬나 싶게
괜찮아지기도 하지만

역시나 중간은 없다.

특히나

그리워하는 시간

잠들기 전이면

아무 걱정없이

그런 시간이 많았다.

평온하다는 생각이 들면

어김없이

막연한 불안이 커질수록

현재를 그리워하는 시간

더없이 애틋해지던

빛이 밝을수록 짙어지는 어둠처럼

평범한 날들이 있었다.

2부

바라보기만 해도

담아두고 싶은 순간

그리고

귀요미 조카

나의 썸네일을 가득 메우고 있는 건

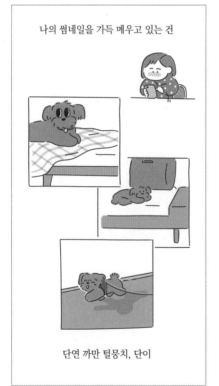

단연 까만 털뭉치, 단이

혼밥 사진

다정한 뒷모습

내 사진은
거의 없네…

쫌만 더
앞으로.

찰칵 찰칵

오~
좋아 좋아!

그랬었는데

그나마 대부분
셀카구나.

와, 예쁘다.

오빠~

찰칵

이젠

흠…

그러고 보니
예전엔 어디 가면
사진을 잘
찍어줬는데.

나.도.

찍.어.줘.

분명한 의사를 전달해야만
사진에 찍힐 수 있다.

어쩐지 채워지지 않는 사진첩

잘 지내고 있는 것 같은데

뭔가 텅텅 비어가고 있다.

정신
차리고!

하루하루

간직하고 싶은
순간들

김다니~

부비 부비

더 주의 깊게

많이
만들자~!

가자~

꺼내어 보고 싶은 순간들

가을 산책

아이고 단이야~

가을 산책

아이고 귀여워~

유심

푸들이에요?

흐흐

우리 집에도 개가 있어서…

냄새 나지?

콩콩
콩콩
콩콩

아~ 푸들하고 말티즈 혼종이에요.

콩콩
콩콩
살
살
콩콩
콩콩
콩콩

쪼르르...

우리~ 더 자주
산책 나오자!

좋은 날
다 가기 전에.

가을은 참 짧아.

단이야~

도도도 도

정말
찐 행복한
표정이다!!!

찬바람

와~ 진짜
바람 차.

그러게~

근데
안 추워요?

여행 필수템

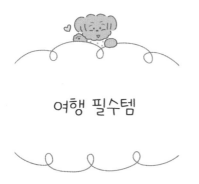

오랜만에 부산에 갔다.

109

의욕 급속 충전!

특별한 걸 하지 않아도

함께라서 즐거운 시간

역시…

저녁 뭐 먹을까?

기차표 아홉 시죠?

응, 먹고 싶은 거 있어요?

나의 여행 필수템은 진이었다.

다시 한번 베프의 소중함을!

잘해 줘야지!

그리고 주말

뭐.지.이.건.???

진의 옷장 : 각자 정리하기로 해서 평소 열어보지 않는다.

아오증말

판도라의 상자를 열어 버렸지만

아, 맞다! 잘해 주기로 했지?

하마터면 열받을 뻔 했네.

부산에서의 다짐으로 되찾은

에잇, 내가 정리해 주자.

베프인데 이 정도는.

마음의 평화.

무릎 생활

왔다

갔다

출근해서

들어와~

이런 저런 자질구레한 일들을
정리하고

가만
있어봐.

잠깐만!

촤르르

비로소 자리에 앉으려고 하면

자기가 더 먼저 앉겠다고 야단법석

내 무릎이 아니게 되는 시간

그렇게

내 무릎이

113

너에게 바라는 건

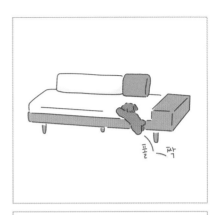

그날 밤

3일 후

홀로 아닌 홀로

여느 때와 같이 고민을 고민하다

아 그래?

그럼 혼자 갈게.

중얼

비보호니까 지금 가는 거 맞고.

?? 중얼

결단을 내렸다!

혼자 운전해 본 적 없는데.

괜찮을까?

아직 연둣빛이네

와~

혼자(처럼) 운전하기로 결단

평소보다 조금 더 긴장되긴 했지만

나쁘지 않은 홀로(같은) 드라이브~

시내로
들어서면서

정신을 차려보면

나도
오르게

마우스
오픈

매번 이런 표정이긴 했지만

〈 오래전, 큰 사거리에서
사고가 날 뻔한 적이 있었다. 〉

위기는 있었지만

어쩐지 입이
마르더라.

으아~
커브 커브

나름대로 괜찮았다.

언젠가는 진정한 홀로를 즐길 수 있기를.

하지마까씨

음?
아니...
이럴수가~

벌써
기다리는
건가?

가게 장소
옮기고 처음 와봐.

휴일이라 모처럼 외식을 했다.

오빠, 여기
22일까지만
영업이래.

그래?

단이랑
같이 올 수 있고,
비건 옵션도 있고.
넘 좋다!

외식 잘 안 하고
비건 아닌 사람.

흥~

내 마음 속
1호 가게였는데!

아쉽다...

내겐 꿍꿍이가 있었다.

몇 해 전, 망원에 이사 왔을 때
새로운 동네 분위기에 한껏 들떠 있었다.

나름의 거창한 계획까지 세웠는데.

금세 본연의 모습으로 돌아오긴 했지만…

한강공원에 강아지랑 놀러 오는 사람도 많으니까

반려동물 동반 가능한 가게들을 소개하면 어떨까?

최근에 다시
작은 계획을 세우고 있었다.

안 그래도 몇 군데 없는데

하지마까?

계획하자마자 위기각.

아~
식료품점 오픈 예정이시구나.

그래도 문 닫기 전에 와서 다행이다.

많이 가진 못했지만

애정하고 있었는데.

제일 먼저 염두에 두었던 가게였기에

똠얌꿍에 고수 듬뿍으로
마음을 달랬다.

훔쳐보기

멍멍이 동거인의 흔한 일상

단이는 분위기가 좋다 싶으면

간식 들어있는
캐비닛

다니
오디가~?
ㅋㅋ

늘 그 장소로
나를 꼬드겨 간다.

성공률 99.99999%

요즘은

어쩐지 자꾸만

훔쳐보게 된다.

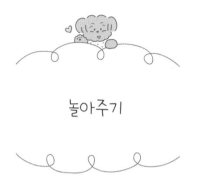

놀아주기

단이의 장기이자
함께할 수 있는 유일한 놀이는

간식 받아먹기

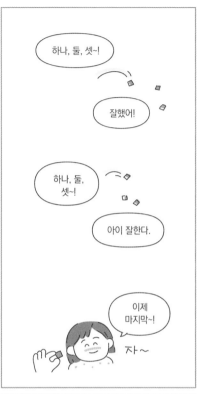

안녕 댕댕이

오가는 길목에서 자주 만나는 댕댕이가 있다.

그중 제일 우렁찬 목청을 가진 이 아이는

짖지 않았다면 아마
그곳에 있는지도 몰랐을 백구

물론 단이도 같이 짖기 때문에
마주치지 않는 것이 좋다.

맞다, 이쪽 길은
짖는 개...

단이와 함께 다닐 땐 되도록

아~

너도 개한테만
짖는구나?
단이랑 똑같네!

일루 가자!

다른 길로 피해 다니곤 했는데

찰칵

짖을 땐 그렇게
사나워 보이더니

오늘은
안 짖니?

(혼자 다닐 때는 주로 그 길목으로)

묶여 있어서
속상해서 그런 거니?

131

언젠가

이분아
안녕~

음? 저기는

더 멀리
던져 줘!

뭔가, 가끔 와서
챙겨주는 분위기네.

눈에 잘 띄지 않는 어딘가에도

사랑 많이
받아라.

누군가의 애정 어린 관심이 닿는다 생각하니
마음이 따뜻했던 기억.

어머, 쟤 표정이~
간식 앞에선 다
똑같구나.

ㅎㅎㅎㅎ

잘 지내니?

어디 있지?

그 댕댕이의 출근 여부가 궁금하긴 나도 마찬가지!

느지막이 작업실로 향하는 날이면 카페로 출퇴근하는 시바견을 만나게 되는데

사장님과 함께 출근해서 오픈 전엔 홀에 나와 있다.

이 녀석, 벌써 긴장하는군.

단이는 그 카페 근처만 가도 바짝 신경을 쓴다.

왜냐하면

이 아이도 개를 만나면 짖는다.

만나면 시끄러워진다.

그러던 어느 날

늦은 퇴근길
그 카페 앞을 지날 때였다.

이미 가게들도 모두 문 닫은 시간

아무리 봐도 아무것도 없었는데

가까이 가서 확인한 그 정체는

깡장
비닐봉투

그랬다.

자세히 보아야 (더) 예쁜 까망이들.

다니
어딨지? OR

앗, 다니가
있었구나!

김단이 찾기

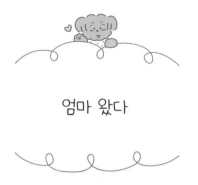

엄마 왔다

그날은 진의 퇴사일이라

조금 일찍 퇴근해
같이 외식도 하고 커피도 마시고

단이를 먼저 데려간 날이었다.

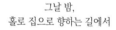

이때만 해도

그날 밤,
홀로 집으로 향하는 길에서

격렬하게 반겨주었네.

요즘은 나와서
꼬리치는 정도?

스스로를 처음 엄마라고 호칭했을 때의
생경함을 떠올렸다.

엄마라는 호칭이 자연스러워진 세월만큼
단이도 점점 의젓(?)해진다.

바라보기만 해도

안 먹어도 배부르다는 말

조금은 알 것 같다.

아기작아기작 맛있게 먹는 모습을

바라보기만 해도

침대에서 뜯고 씹는 걸
제일 좋아한다.

그렇게 사랑스럽고

하지만 가정교육은 철저하게!

행복할 수가 없다.

아고~ 잘 먹는다.

좋은 핑계

아…
내려갈 게 더
있었구나.

잔고가 다
사라질 때까지
계속되는 건가.

오랜만에 확인한 주식 때문인지

밑도 끝도 없이 축 처지는 기분이 드는 건

그러고 보니   그동안

빗소리
무서워?

오랜만에 내린 비 때문인지

기분이 계속
좋았네?

이-~!

오랜만에 그냥 그럴 때가 된 건지

그래, 항상 좋을 순 없지.

그럴 때가 됐어.

츄 ─ 욱

아무튼

하 ~~~

격렬하게… 아무것도 하고 싶지 않다.

10시 30분 취침

당시, 보통 늦게 자고 (보통 3~4시) 늦게 일어났는데…

아무것도 안 하기에도 좋은 핑계.

그래도 일어나는 시간은 똑같구나.

아무튼

오늘은 기분이 좀 우울하네.

음?

아~!

많이 드소서.

(오랜만에 맥주도 한 캔)

죄책감 없이 야식을 즐기기엔 좋은 핑계.

늦게 일어나도 아무 일도 일어나지 않는다는 건 참 좋은 일이네.

갑자기 긍정회로 풀가동

잘 쉬었으면 됐다.

무슨 생각을
하는 거니

음?

언제나 궁금해~
넌 무슨 생각을 하는 거니?

단이가
활짝 웃고
있네?

여간해선 담기힘든 사진이라
몹시 감동~♡

응~ 싫었어.
미안!!!

얼굴을 바짝 들이대는 걸
싫어한다는 건 알지.

뭐가 그렇게
좋았어~

앞으로도 많이 웃자!

내리사랑

보통의 일상이

문득, 소중하게 느껴지는 순간

때론 좀 더 소박한 존재감이었으면
하는 때도 있지만.

145

내리사랑 ♡

사랑은 역시...

우리들의 평온한 밤.

숨만 쉬어도 귀여운~

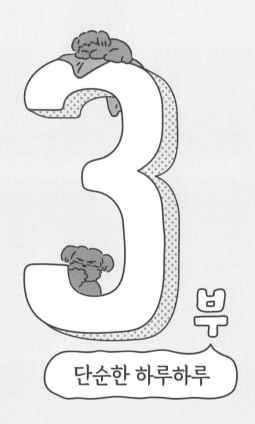

3부

단순한 하루하루

가족 소개

내 이름은 단,
수컷이고 아홉살이야.

보다시피 귀여워.

(견생 좀 살아본 노련한 미소)

엄마는 보통 집에 늦게 와.

아빠는 아침 일찍 집에서 나가.

할무니 집이지만

몇 시간 후엔 나도 엄마랑
할무니 집에 가.

할무니는 없어.

엄마도 없고.

많이 변하긴 했지만

사실 지금 우리 엄마는

손!

두 번째 (사람) 엄마야.

여긴 첫 번째 (사람) 엄마랑
할무니랑 살던 집이야.

몇 년 전 할머니가
병원에 계셨을 때

집에 큰불이 났어.

엄마랑
밖에 나왔고

그 후로

아이고
귀엽다.

그날 저녁에 지금 아빠랑
(원래 삼촌이었지만)

할무니랑
첫 번째 엄마는

새끼 낳아야
하는데~

나 왔어요.

덜

덜 덜

우리 집에 온 거야.

만나지 못했어.

밥밥밥 ♡ ♡

처음엔 우리 집이

이것만 먹고
살 수 있나…?

충격

밥 먹자~

계란 삶은 거
조금 줄까?

옴총 가난한 줄 알았지 뭐야.

아~ 다 먹고
주려고요!

훈련 영상 보니까
어쩌구 저쩌구.

교육이 어쩌구,
관절이 저쩌구.

가난한 건 아니래.

더 혼란스러웠지.

문화
충격

겸상금지?

조선시대야
뭐야.

한 입만...

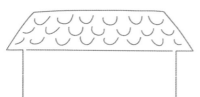

두 번째 엄마

요리도 잘하고
차별없이 후했어.

첫 번째 엄마는

그런데 우리 집 분위기는

친절한 말투와

우리 집 5년차.

이제는 익숙해져서 괜찮아.

너는 못
먹는거야~

그렇지 못한 내용.

기다리고

나도 파전 먹을
줄 아는데…

아는 맛이라
더 먹고 싶다.

기다리면

아~ 잘 먹었다.

내 차례거든.

진정해, 진정!!!
기다려~!

좀 킹받을 때도 있지만
괜찮아.

이젠 그러려니 해.

사실 지금 엄마는
뭐든 많이 아껴.

다른 사람이 주는
것도 아끼고

오~ 박스가 엄청
튼튼하네.

그리고 산책할 때
많이 하는 말은

앗 그거
버리지마요!

쓰레기도 아끼고...

왜~~~?
왜 그러니!

헥헥

그럼 이건
버려도 돼?

음~ 일단
놔둬요.

흠... 일주일 후엔
버릴 수 있겠군.

못 가게 하는 것도
아닌데 왜 저래 정말.

그런데 말이야.
나도 마찬가지야.

안 되는 걸까?

왜 어떤 때는 되고

어떤 때는

도대체 왜⋯⋯?

아빠 닮았다?

아 맞다!

엄마는 보통

아 맞다!

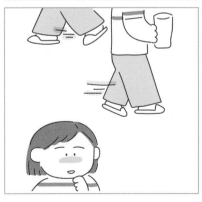

왔다 갔다 하거나

하… 무슨 부귀영화를
누리겠다고.

컴퓨터 앞에
앉아 있어.

여유롭당~
이제 내 작업을 해볼까.

바쁘다 바빠↗

앗!
ㅋㅋㅋㅋㅋ
ㅋㅋㅋ
오~

클릭 클릭

컴퓨터 앞에서
제일 많은 시간을 보내.

평소엔

아무튼

늘 엄마랑 함께지만

다니 안녕~
이따 봐용.

주말엔 주로

아빠랑 함께야.

시원할 때
산책 가자.

아빠는 집에 있을 땐
보통

167

응가를 해.
(만성 장 트러블러)

부엌에서 뭘 하거나

그리고

나를 귀찮게 하지.

누워 있거나

어머 얘 좀 봐.

내가 아빠 닮았대.

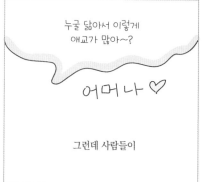

누굴 닮아서 이렇게
애교가 많아~?

어머나 ♡

그런데 사람들이

롸?

아하하
아빠 닮았나 봐요.

맞아, 맞아.

제가요?

네 번째 여름

털이 정말 새까맣다.

확실히 어린 티가 나는구나.

지나고 보니

앗, 또 만났다!

오늘은 엄마랑 나왔네.

두어 번 마주친 적 있는 단이와 같은 검은 말티푸.

아유~ 이쁘다.

안녕하세요~

망원에 이사 온 지 얼마 안 됐을 때

털에 윤기가 좔좔 흐르는 게 아직 어린가 보네.

네, 세 살 이에요~

강아지가 나이든다는 것이 무엇인지

아...
윤기가

유심!

음~

뭔가 다른 거구나.

그때는 알지 못했다.

우리 단이도 완전 물개 같았는데~

아고~

언제 이렇게 흰 털이 많이 났지?

지나가 버린 젊음

따니~♡ 엄마 왔다!

헤
헤

빨리 씻고 와요.

나이가 들어보니

왜 이런 건 엄마 닮아서...

헤
헤

여기는 이미 파뿌리

이번엔 피부 모질 사료로!

참, 그 말티푸 강아지 또 만났다!

자꾸만 보이는

네 번째 여름

다 똑같은 5살이 아니라고요?

강아지 크기에 따라 나이 계산이 다르다고?

그즈음 보게 된
강아지 나이 동영상

결론은,
강아지는 우리 생각보다
더 빨리 늙기 때문에

더 많이 신경을
써줘야 한답니다.

탁 탁

음...

보다 구체적으로 알게 되니

초반 급격 성장으로
사람 나이로 하면

첫 1년은 15살,
2년은 24살,

이후로
중소형견은
1년에 네 살씩!

어머! 래브라도 리트리버는
일곱 살 정도만 돼도 노견이라고?

그러고
보니...

보다 구체적으로

* 대형견과 중소형견은 나이 계산법에 차이가 있다.

근심의 촉이 살아났달까.

신경이 쓰이기 시작했다.

어쩌다 가족이 된 지도 여러 해

가끔 운동장에서 힘껏 뛸 때에도

추정이긴 하지만
어느새

사람 나이로 치면
사십 대…

5년 11개월 차
(2022년 기준)

음…

동년배가 되었다.

아니야~
옳지~

잘 돌볼 수 있을지 근심했던 마음은

단이
뭐하지?

속

?

이제는 종종

띠――꿈

헛!

눈을 왜
그렇게 뜨니…?

미, 미안
하다

대역죄인의 마음이 되기도 한다.

또 한 번의 여름이 지나는 중

찰
칵

귀여워

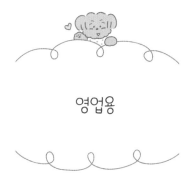

영업용

쉬했네.

단이 왔어?

단이
쉬했어~엉.
아고 잘했어!

뒷정리가 끝나면 늘 간식을 주었기에
한 알 받으려고 기다리는 단이.

견생 6년 차

혼자만의 착각인 줄 알았는데…

확실하다

꼬리진동

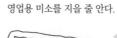

귀여우면 한 입만♡

심쿵사

영업용 미소를 지을 줄 안다.

이젠

귀여우면 한 입만!

알고 있지만 알지 못하는 세계

길에선 만난 댕댕이.

털복숭이 가족이 없었을 때는

풍문으로 만난 댕댕이.
1차원의 댕댕이가 있을 뿐이었다.

TV나 사진으로 만난 댕댕이.

하지만, 지극히 개인적인
나의 일상 속 댕댕이는

여러모로

단이는 장난감 자체를 재미로
가지고 놀 줄 모르지만

노즈워크
간식찾기

간식
빼먹기

간식이 나오는
장난감은 다
좋아한다.

이름을 부르면 어떤 때는

예상 밖이었다.

목적 없이는 들은 척도 안 하기.

분명히

다니 왔어?

다니 왔어?

빼꼼

휙

쫓아 다니면서

엄마가 그렇게 궁금하니?

휙

밀당하기.

너 왜 거기 누워 있어?

심드렁한 표정이 킬포

아닌 척

너 왜 관심없는 척 하냐?

아닌가? 뭔가 시위하는 건가?

…

혹시… 츤데레 세요?

씨----아

심드렁

언제나 궁금한 너라는 세계

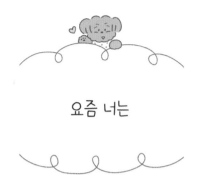

요즘 너는

대체 왜 그러는 거니?

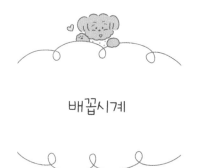

배꼽시계

우리 따니~ 배꼽시계 울렸어?

배고팠어~ 근데 머리 좀 치워줄래?

다니 왜?

어머 벌써!

내가 깜빡하면

나도 먹고~

덩달아 규칙적인 식사 시간

파바박

어김없이 울리는 알람

다니 왜?

파-바박

째깍째깍

정확한 알람

보통은 진이 와서
단이를 먼저 퇴근시켜 주곤 하지만

그렇지 못한 날은
야근을 하긴 하지만

역시나 규칙적인 식사 시간

밤늦게까지 작업실에 있는 걸

…데

그, 그래.
가자 가.

어우
심심해!
지겨워!
집에 좀
가자-!!!

방
방

열 시만 넘어도
난리 난다.

아주아주 싫어하는 김다니 덕분에
서둘러(?) 퇴근한다.

와~

바람
시원하다.
그치~

덕분에 좋은 것들투성이

집이
최고당 ♥

집에 가고 싶다!

알려줄 수 있다면

줄곧 귀를 쫑긋하고 있었을

외출하고 돌아오니

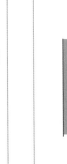

문 안의 단이

나를 기다리는
문 밖의 택배와

얼마나 서러웠는지

한참을 방방 뛰다가 안겼다가 하더니

그제야 허겁지겁 밥을 먹는다.

기약 없이
기다리는
단이의 시간들

적절한 위로

언젠가

엉엉 소리내어 울었던 날.

실물은 쓰러져

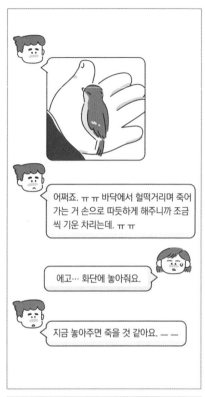

어쩌죠. ㅠㅠ 바닥에서 헐떡거리며 죽어가는 거 손으로 따듯하게 해주니까 조금씩 기운 차리는데. ㅠㅠ

에고… 화단에 놓아줘요.

지금 놓아주면 죽을 것 같아요. ㅡㅡ

사진?

TALK

톡톡

오전에 외근 나갔다가
길에 쓰러져 있는 새를 발견한 진.

어떡하지.

* 구조할 때는 손이 아닌 종이 박스 등에 올려서 보호하는 것이 좋다고 해요.

일단 사무실로 데려왔는데

새가…
그래서

아~ 네,
구청이요?

작고
귀여워 ♥

잘 있겠지?

먹는 둥

마는 둥

이미 진의 마음은 새며들고 말았다.

동물보호 센터
전화하니까 구청에
연락하라고 해서요.

참새 같은데
힘없이 쓰러져
있어서…

오~ 좀
살아났다!

구청에선
연락이 없네.

근데 참새는 아닌데 무슨 새지?

아~

철새인데 갑자기 추워져서 그럴 수 있는 거 같아요.

(당시 10월, 갑자기 추워진 날)

나 늙었나 봐. 잠깐 같이 있었는데. ㅜㅜ

그래도 살아서 다행이야.

*
새를 구조했을 때, 어떤 상태인지 모르니 바로 구조되는 상황이라면 물, 음식 등 아무것도 주지 않는 것이 좋다고 해요.

아~

잘 보내줬어요.

어머 날아갔어요? 잘됐다.

아뇨. 날긴 하는데 아직 힘이 없어서… 구청에 인계했어요.

딱새라고 하니까 데려가네요. ㅜㅜ

응~ 사진 보니까 정말 귀엽더라.

195

자꾸만 뭔가가

추가된다.

참나
찰칵

뭐 눈엔 뭐만 보인다더니.

자꾸만 추가되는

귀엽긴 귀여운데

그만 좀 샀으면!!!

귀여운 무언가들

왜 점점...

얼마 후

귀여운 애 옆에 귀여운 애

나들이 짝꿍

언제나 함께하는

하늘이 예쁜 날엔 가끔

잔손이 좀 가는

한강공원 나들이

나의 나들이 짝꿍 ♡

뒹굴뒹굴

어렸을 적, 겨울이 다가오면
엄마는 두툼하고 무거운 솜 이불을 펼쳐놓고

중간중간 누비는 작업을 했다.

그럴 때면 반듯하게 펼쳐진
두툼한 이불 위를 마구 뒹굴고 싶어져서

이불 끝에 엉덩이를 살짝 걸쳐놓고
작업이 끝나길 기다렸다.

단이도 뒹굴거리길 좋아한다.

이불 정리하려고 펄럭이기만 해도

깡총깡총 뛰어와서
그렇~~~게 이불 위를 나뒹군다.

결국은 잠깐 놀고

신속하게 끝나는 뒹굴뒹굴의 시간

엄마는 늘 (너보다는) 바쁘다.

늘었다

날씨가 쌀쌀해져서인지
계속 안아달라고 조르는 단이

언젠가부터
다양한 소리로 어필

자기 어필이 늘었다.

귀여움의 대가는 불편함

한참 후

능청이 늘었다.

김다니 내려가~

큰 그림

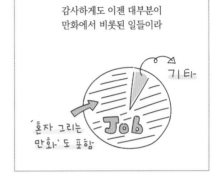

감사하게도 이젠 대부분이
만화에서 비롯된 일들이라

기타-

혼자 그리는
만화-도 포함

결혼 후 나의 직업란은 항상

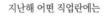

프리랜서

만화와-
관련없는 업종의

지난해 어떤 직업란에는

만화가

라고 쓰기도 했다.

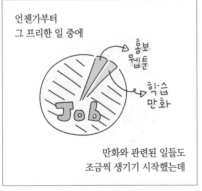

언젠가부터
그 프리한 일 중에

홍보
웹툰

학습
만화

만화와 관련된 일들도
조금씩 생기기 시작했는데

오~ 내가
만화가!

(여전히 낯선 곳에서는 정체불명 프리랜서지만…)

하고 싶은 일을 해도 일은 일이라

그래도 조금씩 조금씩 하고 싶은 일을
넓혀갈 수 있었던 건

매 순간 즐거울 순 없지만

주말, 지게차 교육을
신청한 진

마음을 빚질 수 있어서였다.

투자자의 큰 그림

일요병이 깊어질수록
그림의 크기도 커져간다.

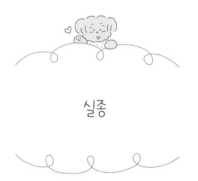

실종

측은지심도 통하지 않자

고막 테러

작업실에 좁은 가벽을 설치한 날
갇혀 있는 게 서러웠던 단이.

아무튼 작업은 순조롭게 진행됐는데

다니야~

다니!

다니야 까까!

어디 있지?

장비 전원 연결 때문에 문이 열려 있었다.

대문은 잠겨 있지만
아래 틈으로 나갈 수 있다.

한순간의 부주의

왜 나갈 거라고 생각을 못 했을까!

작업실 바로 앞은 2차선 도로
(다행히 차량은 별로 없는 길)

참,
저기 있는 분들 중
한 분이 알려주신 것
같은데…

마.. 맞니?

아~
감사합니다.

끄
벅

환기 시키려고
문 열어둘 때,

작업실 맞은편에
사람 있으면 항상 기분이
별로였거든?

왜냐하면

저녁

사진보다
괜찮다~

어휴~
말도 마.

십년감수한 만큼
급 늙은 기분

누군가 있다면

식당 옆의 트인 공간이라
대부분 흡연을 위해 나와 있는 사람들이고

저녁에 문 여는 고깃집들 사이에 '뭘까?' 싶은 내 작업실.

냉삼

언턴-구이

누가 나오네?

맞은편의 시선도 자연스럽게 이쪽을 보게 돼 있기 때문에…

앗음…

빨리 닫자.

현관에 커튼을 친 이유이기도 했는데

근데 오늘은 그분들 도움을 받았네~?

-으음…

부담스럽게 느껴졌던 시선이

다행이다.

그러게~ 근데 고마운 거에 비해 인사를 제대로 못한 것 같아!

흐흐

어우~ 정신이 없어가꼬. 어떡케

고마운 관심이 되었던 날.

감사합니다! ♡

단순한 열심

마음의 문제가 더 컸던 것 같지만

연일 쫓기는 기분으로 일했던 지난 몇 주

묘한 안정감을 느끼기도 하면서

따지고 보면 물리적인 양보다

그렇게 불안 초조가 계속되던 어느 늦은 밤

마침내

무기력해지고

(또) 밀려드는 밤이었다.

어슴푸레 보이는 대추 한 알

묵묵히

착실하게 영글어간
작은 대추 한 알을 생각했다.

따니~ ♥
엄마 왔오!

엄마
왔다!

그런 의미에서 좋은 걸 좋다고

아고
귀염둥이.

(싫은 건 싫다고 개정색하는 것까지. ^^;)

단순하고 명료한 너는
언제나 고마운 존재

다, 다니야~
벌써 가니?

오늘은 별로
안 반갑구나~

그렇구나.

온몸으로 말하는
(어쩐지 점점 반기는 시간은 줄고 있지만)

대추나무의 결실

겨울 작업실

추위를 많이 타는 편이라

오늘은 날씨가
포근하네~

올 겨울
엄청 춥다고 한 것
같은데.

겨울이면
마음의 준비부터 단단히 해야 한다.

책상 위
전기히터

책상 아래
전기컨백터

두툼한
무릎담요

발열내의 +
니트 +
후리스

스카프

면 레깅스 +
코듀로이 추리닝

털부츠

손목토시

작업실 포근한(?) 겨울나기 기본템

실내에서 이 정도면
추우면 안 될 것 같은 차림인가?

작업실이 정말 추운 날엔
그 척도를 알 수 있는 몇몇 현상이 있는데

'올리브 치아바타'에
'올리브오일' 찍어 먹으면
을~마나 맛있게요!

빵을 즐겨
먹는 편

단이도 좋아하는
올리브 오일 ♡

좀 춥다 싶은 날은 일단

올리브 오일이 굳는다.

청소기도 안 켜지고

잠시 문을 열어 두었는데

자세히는 모르겠지만
대충 알 것 같은 느낌적인 느낌.

번호키가 안 잠기고

냉장고가 울고

1,

2,

3,

급냉이 이런건가

~ 잉~

3초면 바로 스며드는 냉기

그래도 다행인 건

오~ 효과가 있네!

씨~

단열재를 감싸놓은 진, 칭찬해~

문제 생기면 제일 골치 아픈 수도는 이제 얼지 않는다.

극한 추위를 몇 번 경험한 탓인지

웬만큼 추운 건   견딜 만해.

패딩 안 벗으면 되는 거였어.

추위를 견디는데 (궁상맞지만) 강해졌다!

포기하지 않아

정말 엉뚱한 곳에.

단이는 볼일 본 패드를 빨리 치워주지 않으면
종종 엉뚱한 곳에 쉬를 한다.

슬금 슬금

아-오-

이눔 자식!
똥꼬 가리고
도망가면 다야!!!

가끔
이렇게

탁 탁 탁

엉뚱한 곳에
쉬를 하네.

단이 간식을 준비하고 있었기에
마저 정리하는데

너 이리 와봐.
이거 누가
그랬어? 엉?

멀리서 불안한 눈빛으로 쳐다만 볼 뿐,
절대 오지 않는다.

올리브 오일
(단이 최애)

아니 왜
안하던
짓을.

아오 진짜
이눔 자식을.

참나~

빼꼼

냄새 맡고
달려옴.

기습공격!

등을 한껏 구부리고 도망가는

척하다가

다시 오고

다시 오는

간식을 향한 열망.

그렇게 맛있어?

어쩜 이렇게 사랑스러운 걸까.

못 기다려~

225

세월의 흔적

넌 몇 층 사니?

아~ 잠깐 들린 거예요.

음~ 나이가 많아요?

설 연휴

아이고 얌전하네.

아, 일곱 살이에요.
(7년 4개월)

안녕히 가세요.

새삼 느껴지는 세월의 흔적.

흰털이 많이 나긴
했지만

여전히 너무
아기 같은데.

젊음을 몰랐던 젊은 날은 아니어서
매일매일이 더 소중한 것투성이.

단이야~
엄마 봐.

찰칵

23.01.25.

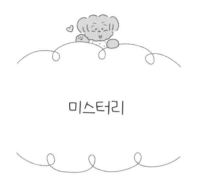

미스터리

보통은 신나서 옷 입고
준비를 하지만

출근 시간, 겉옷을 입으면
쫓아다니기 시작하는 단이.

늦었어.
빨리 와~

가야지!

어쩐지

다니야~
가자.

일루와

다니야 ✿
가자~ 앙~
가자
가자

아이참
왜이러실까~
증말~ ✿
이쁘니 ♡

온 신의 꼬시기

요지부동인 날이 있다.
(일주일에 한두 번?)

너 진짜 안 갈 거야?

그럼,

그럴 땐

흠... 또 나...

엄마 혼자 간다아?!

나 홀로 출근!

그렇게 나오시겠다?!!!

아~ 지기싫다

어쩐지 기싸움으로...

나 홀로

안녕~

엄마 간다!

흔들리는 동공으로 아무렇지 않은 척하는 김다니.

1. 2. 3. 4..
숨죽
그렇게 어떤 날은 문 앞
리얼하게
가는 척하자.
탁 탁 탁
가끔은 1층
몇 초 기다렸다
다시 문을 열면
철컥
뻘쭘하게
신발장 앞에 나와 있다.
잠시 후 올라가서
다시 문을 열면
철컥
문에 붙어 있다가
호다닥 뛰어나온다.
그리곤 순순히 따라 나온다.
헥 헥 헥
그리곤 아주 신나서 따라나선다.

아주 가끔은 진짜 나 홀로 출근!

그리고 다시
집으로…

←1층문

아유
증말.

단이랑 못 가는 빵집도 들리고

그래.
엄마야~

문 열기 전부터 세상 서럽게 짖기.

작업실 청소도 하고~

기쁨과 서러움의 방방뛰기

최대 미스터리…

오늘도 불안한 눈빛으로 새침을 떠는 김다니.

하지만 이제 기싸움 같은 건 없다.

그동안 나름 추정해 본 다양한 이유들은

요즘은 매일같이 뭉그적대니

우연히 알게 된 사실 한 가지.

그냥 옷을 입혀서 나가곤 했는데.

거참 희한하네.

산책 엄청 좋아하는 줄
알았는데…

암튼 가방은 오늘만이야.
아니 가끔씩만이야!

걸어가기
싫은 거였니?

나 참. 기가 막혀서…

아니야. 나와.

너 걸어야
운동도 되고

쉬도 하고
응가도 하지.

아니야~
나와!

나오기 싫은 김다니.

잿빛 세상

날이 많이 풀렸네.
이렇게 겨울이 가는 건가.

왜?
들어가기
싫어?

단이가 더 산책하자고 잡아끄는 날이면

그래 가보자.

바로 옆, 체육공원을 한 바퀴 돌곤 한다.

그런데
하늘이

미세먼지는 아닌 것 같은데,
온통 회색빛이네.
비둘기가
가까이서 날면
반사적으로
싫었는데…
비둘기
떼 지어 나는 거
오랜만에 본다.
오~
멋진데?
무리 지어 활공하는
비둘기를 구경했던 어떤 날.
아름답다.
잿빛 세상마저도
이렇게
아름답구나.

마음먹기 나름

단이는 불빛을 비춰도 혈관이
안 보이는 새까만 발톱

단이 발톱 깎는 날의 풍경

한 번은
피 난 적도 있어서

깎을 때마다
막 식은땀 나고
진 빠지거든.

으르르

ㅇ르르

어머, 그렇구나~
꼬야는
괜찮아.

핑
오옹

와~ 얼마나
편안하면 누워서
발톱을 자를까~

그런 영상은
많이 봤지만.

또깍~   또깍~

ㅇ르르르

아...

싫어하긴
하는구나~

어~
으르렁거리긴
하는데

핑
오옹

또깍
또깍

으르르
으르르
앙앙

다리로 살짝
잡고 하면 돼~

쪼꼬

11살, 영리하고 자기 주장 확실.
별명 : 크레이지 꼬야. 일명 욕망의 개.
특기 : 참지 않기!

아르릉 흐즈믈르그!!!
앙!

어~ 괜찮아.
그냥 싫어서
그런 거지

또각

으르르~

막 피나게
물진 않아.

뭔가…

다리가 뜯겨나가도
별일 아니란 듯한
저 평온함은 뭐지?

단이가 꼬야 같았으면
난 엄두도 못 낼 듯!
바로 외주 각인데.

헉!!!!

언니
괜찮아?

243

툭툭툭

다 끝났다.

우와~ 벌써 끝이라고?

음…

진정 세상 모든 것은 마음먹기 달린 것인가.

그동안 왜 불안에 떨었나.

사람 고쳐 쓰지 못한다지만

어쩐지…

마음먹으면 달라질 수 있을 것 같은 느낌적인 느낌?

발톱 깎기가 이렇게 간단한 일이었다니.

오호~

나쁘지 않아. ♡

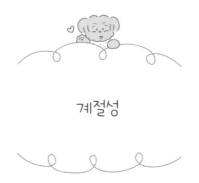

계절성

나는 겨울을 좋아하지 않는다.

애써 부정하고 싶었으나

마음마저 곱아드는 것 같다.

이제는 고백해야겠다.

보통은 야간 작업이

본격 작업일 때가 많지만

와~
그래도 오늘은
알람을 들었네.

유난히 잠을 주체하기 힘들고

이제
일어나기만
하면…

〈 2차 숙면 〉

겨울잠에 취한 곰처럼

한없이 늘어진다.

왜 이럴까 싶게

그렇게
묵직한 결과가 감지될 즈음이면

아…
상태가

우덕

내가 요즘
우울했구나.

비로소 알아차리게 된다.

계절성 우울증(겨울)의 특징

무기력

과식
체중 증가

과수면

과피로
등등

해당 안
되는 게
없네~

특히 겨울철에
심해지는 이런 현상이

〈계절성 우울증〉이라는 것을 알았다.

오~ 극복 방법?
가장 최신으로.

클릭

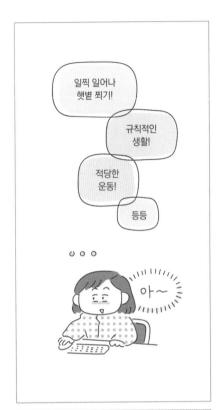

새롭다.

행복해진다.

그리고 어김없이

그런데
벌써 겨울이
간다니.

추운 건 정말
싫지만

아쉬워지는 마음.

간사한 사람의
마음인가.

아쉽지만

겨울 안녕~

4부

포근하고 잔잔하게

눈을 왜 그렇게 뜨니

아니ㅇ…

아니야.
아니야.

이리 와.

팽
팽

엄마
힘들다.

오늘은 그냥
들어가자.

헉!

눈을 왜
그렇게 뜨니?

눈을 최대한
쪼그맣게 뜨기

애처럽...

엄마, 봄이에요.

운수 좋은 날

앗, 봤다!!!

앗, 강아지다.

피해 가자.

찌릿

단이야. 이쪽 이쪽.

아이 잘한다.

쫄 쫄 쫄

아주아주 가끔씩은

으아~ 조용히 지나가자.

제발

크흑

그런 날이 있다.

운수 좋은 날.

요즘은 친구도 엄마들이 만들어줘야 해.

자연스럽게 만날 기회가 없으니까.

학부모가 된 친구

아~ 그렇구나!

엄마들이 사교활동을 해야 해.

언젠가 친구가 들려준 이야기. 나와는 상관없는 일인 줄 알았는데

안녕하세요~ 얘가 강아지 보면 짖어요…

놀라실까 봐.

아르르

아~ 괜찮아요. 물진 않죠?

아, 네~

아르르

언젠가 작업실 앞에서 만난

우와~ 우리 강아지가 까만 푸들이랑 말티즈 혼종이에요.

말티즈

블랙 푸들

킁킁 킁킁 킁

친화력 좋은 강아지와 집사님.

259

친구를 만들어 주기 위해

만사 귀찮다.

하지만 이렇게 나가면~

강아지 친구(?) 만날 수도 있는데.

인사라도 하려면…

나름 신경을 쓰긴 한다.

집에 초대도 하고 같이 놀게 하면서 친구되는 거지~

괜찮으시면 산책 나올 때 가끔 놀러 오시라고 얘기라도 해볼 걸!

근처 사시는 것 같았는데.

아깝다!

상관있는 이야기였다! 너무 너무!

회선을 다해 가리기! 흐흐흐

?? ㅡ하~ 주르륵

아무도 모르겠지만.

손길 닿는 곳마다

조금씩 자주
다듬어 주면…

여기도
아닌 것
같아.

가자.

이사 와서 여러 애견미용숍을 전전했다.

오~ 저 프로
이발기만 있으면
어렵지 않겠는데?

집에서 하면 편하지 않을까 싶어
셀프 미용에 발을 들였다.

에구~
고생했다.

미용하는 날이면 몇 시간씩
단이를 맡겨야 했는데

육아는
장비빨.

근자감이 원흉…

261

셀프라고 시간이 단축되진 않았다.

전문가한테 맡기는 덴 다 이유가 있다.

전문가 손길
받을 때의 단이 사진

배, 배추도사?

확실히
차이가…

왜 실력은 늘지 않는가…

언니 집

그래서 가끔은
숍에 맡겨야겠더라구.

단이 괜찮은데, 왜?

응, 나도 몰랐는데
옛날 사진 보니까
다르긴 다르더라.

아무래도
셀프 미용이라.

아~
맞다!

네가 전에 제부
머리해 줬을 때도
되게 웃겼잖아!

아, 그게~

무슨 소리야?

금시 초문

으흥흥
아~
괜찮네~
(시미가 한 것치고는)
잘했다!
(처음 한 것치고는)
끄덕
으흥흥
으흥흥끄덕

그때… 이상했어?

오빠도 그렇고 다들 괜찮다 그랬었는데.

그랬잖아!

에이~ 무슨 소리야.

말을 곧이곧대로 받아들이는 편.

신혼 초

????

해맑

시미씨가 이발해 줬어요.

어때~?

좀 그랬.지!

정색

그때 제부 표정을 분명히 봤는데~!!!

미안해지는 건 왜일까.

나의 손길이 닿는 곳마다
자꾸만

전문가의 손길

엄마의 손길

방황하는 중

봄비가 내리던 날의 이사

집은 어느 정도

어수선함 그 자체였는데

창고와 베란다에 있던 짐들이 거실에서 방황 중.

진짜 문제는 여기

방황하는 한 영혼

여기 저기
패드를 깔아 봤지만

269

뉴페이스 환영

이런 날

그의 발길을 재촉하는 방법은

효과가 좋다.

슬슬 집중력이 떨어질 즈음

동생들과 약속이 있던 날.

(정작 집에선 아빠한테 잘 안 가는 애)

엄빠 사용 설명서

바로, 함께 나온 아빠가 사라졌을 때!

아빠가 절대적인 순간이 있다.

그 순간부터
아련한 아빠앓이가 시작된다.

결국 절반은 안고 이동하게 된다.

한 가지 의문인 건
함께 있다 없어져도 엄마는 잘 안 찾는 것 같은
느낌적인 느낌이랄까.

단이는 내가 없다는 걸 인식하더니

잘만 갔다.

집에선
엄마 껌딱진데…

쓸쓸

그런거니?

실내용

free
dom

실외용

엄빠
사용
설명서

아빠… ㅠㅠ

아빠 없인 한 발짝도!

왜 그럴까

초벌 도자기 색칠하기

자매들의 (잠깐) 취미생활 모임

소름 돋게 자연스러운 하모니.

하원시간 맞춰
먼저 가야 하는 셋째.

화음으로 말하는 거
나이 든 사람
특징이라며?

근데~

막내 미니미는 왜⋯.

정작 우리집 어르신들은 없는 특징.
아무튼,

언제부터였을까.

혼잣말에도 요상한 화음을 넣고

길에 피어있는 꽃들마다

그냥 지나치지 못하게 된 건

278

갈수록 하루하루

다니야~
엄마 봐!
여기 여기!

무수히 스쳐가는 아주 작은 기쁨도

당연한 건

우리가 가족이
될 줄도 몰랐지.

단 하나도 없는 것 같아서

일상에 흥을 돋우기 위한
나만의 리듬이랄까?

기부니가
조크든요.

오늘의 귀여움도 순간 포착!

알레르기와 집밥

정확한 원인은 모르지만

몇 년 전부터 알레르기가 생겼다.

나를 더 잘 돌보라는 신호가 아닐까.

지난해 봄엔

특정 음식에 대한 알러지가 생겼는데

조심하고 있지만

꼬막으로 마사지한 줄!

여전히 피부 문제를 겪는다.

여기엔 특별한 계기가 있었다.

281

지난해(2022), 7월 말부터 시작된
전라도 광양으로의 출(주초) 퇴근(주말)

멀다,
멀어.

오늘은 뭐 먹을까요?

집을 떠나 있으니
집밥에 대해 생각하게 됐다.

왜냐하면

왜 맨날 라면만 먹어~
맛있는 것 좀 사먹어.

괜찮아, 맛있어.

나는 매일

진수성찬으로
먹는데…

어쩐지 미안하기도 하고

전라도 음식이
맛있다더니,
와~ 정말!

와구,
와구

그 어느 때보다도 잘 먹고 있었기 때문에.
(주로 가정식 백반)

주말에 가면
맛있는 집밥 해서 같이 먹어야지.

앞으로는 잘 챙겨 먹어야겠다고 다짐했다.

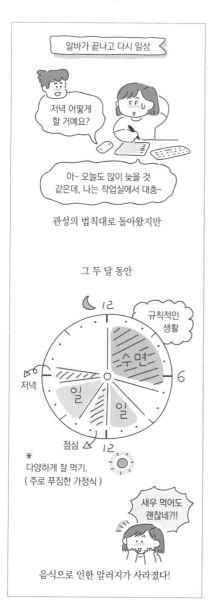

그래서

이제는
과자 대신 과일을
먹으려고 노력하는
편이에요~

머쏙

뭐가 있으면
자꾸 홀린 듯
먹게 돼서...

둥둥

생각만큼 잘 실행하진 못하지만

앗
갑자기

달달한 게
땡긴다.

탁탁탁탁

끄어어억

선물받은
롤케익 3/4 순삭

그래도 예전에 비해서

맛있겠다!
잘 먹겠습니다!

저도요~

집밥은 잘 차려 먹으려고 한다.

내가 차리는 건 아니지만

어쩌다
우리 집(밥) 요정 등극

우와-~
한 번에 여러 개
뚝딱 뚝딱
잘한다-!

멀티
시도하다
미쳐버리는
사람

야채 많은데
간단하게
샐러드 먹을까?

그래요.

별로 배 안 고프니까
괜찮겠다.

가끔 간단 식사는
차리는 편

내가 요리를 특별나게 못 하는 건 아니다.

2시간 후

배고파

허겁

지겁

ㅎㅎㅎ
그러게.

풀떼기 씻어서
자르기만 했는데
왜케 오래 걸리는지.

아-

나도
지친다-

단지, 특별나게 느릴 뿐.

아~
간단 요리를
간단하게 하려면
이게 필요했구나!

빠른 손!

휘리릭

휘리릭

이건 손
입으로 내는 소리가
아니에요

285

거꾸로 진

신경 쓰이기 시작했다.

정확히는

언젠가부터

그의 발이 무척 거슬렸다.

아 맞다!
오빠 왜 맨날 거꾸로 자?

어? 아~

ㅋㅋ

귀엽군.

그렇구나~

단이 얼굴만 보면
되는구나~

단이가 아래
있으니까~

아~!

단이 얼굴 보면서
자려고.

하~
귀여워

쪼물

쪼물

항상 발치에 자리잡는 단이.

그랬구나.

또 귀엽다고?

288

289

다행히 강아지를
싫어하진 않으셔서…

가자.

o o o

에고
귀염둥이
이뿐이~

우리 단이
스타가
되고 싶은 거니?

엄마한텐
네가 영원한
스타이

우주 대스타 ♥

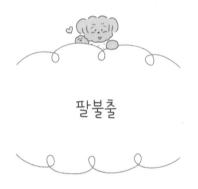

팔불출

언젠가 부슬비 내리던 아침.

비오는 날의 출근룩은

그냥 개어멈룩

내 자식은

내 눈에만 이쁜 것으로...
오바하지 말자.

돌아보던 사람

언젠가

뒤돌아보고

뒤돌아보던

한 사람

자꾸만

눈길이 가던

뒷모습.

베프와 산다

두 개 다 할 수 있는데
왜 하나만 해야 하지?

아!

척하면 척!

영화 왜 안 봐?

보는데.

하나만 하면 안 돼?

→ 게임 중

결혼 8년 차

…이라기보다

영화가 별로
재미없구나?

음…
뭐 그냥.

대~충 유추해 보는 정도지만

다니 왔어?

확실한 건

296

세월의 흐름만큼

우리 사이

미묘하게 달라지는

그래도 여전히 진은

나의 베스트프렌드

친구가 없…

거의 24시간 함께하며

얼굴만 봐도 기분이 사르르 녹는 베프2

그 순진하고 귀여운 얼굴로

베프1의 마음까지 싹쓸이해 버린

아무튼

베프(1, 2)와 산다.

귀염뽀짝 베프2

두뇌 게임

그렇게 맛있어?
많이 먹어~

흘리고 먹어도
마음이 편하군.

찹찹

타일

단이 간식
(사과 +
올리브 오일)

다니야 휴먼은
머리를 쓴단다.

후후훗

너와 나 사이에

빨리
빨리

잠깐…

올리브 오일
베드에 다
묻을 것 같은데.

천

늘 흘리고 묻히면서 먹었는데
이제와서 신경 쓰이는 건 뭘까.

오구~ 다 먹었어?
기분 좋아~!

두리번 두리번

아무리 머리 써봤자

긴 의자에 덮어놓은 천

다니 너···

입을 아주 그냥 이=무지게 닦는구나~♡

아잇, 귀여워 죽겠네

아이 개운하당~

어차피

내가 지는 게임.

아이 개운해~

기다림

아니… 왜 거기서 청승을 떨고 있니!!!

결국 간식으로 꼬셔서 들어오긴 했지만.

흐···

아빠가 갑자기 나간 것 같아서 불안한 건가.

요지부동

작은 머리로 무슨 생각을 하는 거니.

웃프다.

개팔자 상팔자

〈단이〉가 〈탄이〉였던 시절을
아는 가족들은

나는 '탄이'를 가끔 보긴 했지만

그 시절에 대해선 아는 게 별로 없다.

종종 그런 말을 한다.

아마도 단이 입장에서
먹는 것만큼은

치명적인 할머니 사랑

얘가 밥을 잘 안 먹는다.

계란 프라이라도 좀 해줘라!

잔칫날 같은 시절이 아니었을까?

떨 떨 떨

군 고구마

이상하다. 좋아한다던데…

* 그래서인지 처음 왔을 때 사과 따위는 입도 대지 않았던 단이

지금은 없어서 못 먹어요.

단이야~ 여기 어디야?

〈 작업실이 생겼을 때 〉
↳ 단이의 옛집

단이의 옛 시절엔 어떤 추억들이 있을까?

종종 떠올려 보기도 할까?

상팔자

아이고 팔자 좋아졌다. 너.

가끔 이런 말을 들으면

아~

과연 그럴까.

초점 잃은 눈동자

뜨끔해진다.

우와~

우와~ 이렇게 정성스럽게 만들어 먹이는구나.

자연에서 맘껏 산책해서 정말 좋겠다.

와~ 얘는 함께 좋은 데 많이 다니네.

308

그렇게 부러워하지만

열과 성을 다하지도 못해서.

딱히

… 내, 내일
몰아서 할까.

그, 그래서…

격렬하게
귀찮다.

아~ 귀여워!!!

굳이 팔자가 좋아졌다면

음~

보들보들

그건 내 쪽이 아닐까.

그래서인지

'엄마 빨리
와요~!'

응~ 단이
아빠랑 가~

보통 단이는
아빠랑 먼저 퇴근한다.

오롯이 혼자가 되는 이 시간이

언능 가라.

또 얼마나 소중한지…
(태생적 아싸)

잠시만 혼자인 행복한 시간

퇴근길

혼자 걷다 보면

더욱 고마워지는 나의 가족.

5부

행복은 슬며시

귀요미의 부재

오프라인 행사로 정신없이 흘러간 날들

작은 주방 창으로 날씨 체크.

그동안 단이는 엄마가 돌봐주셨는데

문득문득, 그의 부재를 느낄 때마다

털뭉치 가족의 좋은 점은 하나!

귀염 뽀짝, 사랑스러움 그 잡채라는 것.

그랬다.

일상 귀여움이 부재 중일 때

315

일상은 간편했다.

웃을 일은 줄었지만

내가 참는다.

다행히 뭉치랑 사이가 나빠지기 전에
집으로 컴백.

가을엔

예쁜 사진 좀
찍을 수
있겠는데!

오~

아~ 이게
가을 내음인가?

단이야~
단아~~~ ♥

김단~

따니~ ♥

킁킁 킁

날씨도 좋은데
공원 가볼까?

예쁜 엉덩이만
찍을 수 있는
건가? 하핫

단이의 본격

가끔은 정자세로 안아주는데

무릎 생활 시작과 함께

내가 감히 편하려고 했구나.

약5kg

가부좌로 앉으면 발이 저려서

다리를 취하고 팔을 내주는 격…

인간 방석화의 계절.

깊어지는 계절.

유난히

뒷다리 방방

한 발짝 멀리

우연히 마주치는
모든 털북숭이들에게

털북숭이 가족이 생긴 뒤로는

자석에 이끌리듯

씰룩
씰룩

오모나
저 종종대는
방뎅이~

절
레

절
레

폼 미쳤다.
증말~

눈길이 간다.

핫

더더욱

한 발짝 떨어져 바라보는 그들은

이런들 저런들

마냥 사랑스럽기만 하다.

당사자가 되면
마냥은
어렵겠지만

뭐, 아무튼

심지어 나의 털북숭이 가족도

한 발짝 떨어져 바라보면

헉! 너무 귀여워!!!

근데 엄마가 안 안아줘서 화났니?

째려봐도 귀여워.

새삼 감동이 밀려온다.

약간의 거리를 둘수록

배가되는 귀여움.

가끔 단이가 문 앞에서
떼를 부릴 때에도

그렇다.

귀여움이 세상을 구한다.

나홀로 외출의 슬픔

이런 상태라서

오늘은 방에 있으려나?

오히려 마음이 조금 놓였다.

평소 잘 들어가지 않는 집

다니야~ 엄마 다녀올게.

얼마나 시무룩하면 따라 나오지도 않고.

혼자 외출할 땐 보통

이날은 책거리에 초대받아 출판사에 방문한 날이었는데

작업할 때는 섬처럼 혼자였지만

잠시나마 연대의 기쁨을 나눌 수 있는 자리였다.

그리고 돌아오는 길

작업실에 가까워질수록 마음이 바빴다.

기약없이 나를 기다리고 있을

작고 소중한

나의 털뭉치 때문에.

홀로 외출하는 날의 유일한 슬픔.

해피뉴이어

역시나 빈 수레가 요란하다.

놀면
뭐 하나.

유난을 떨어보는

PM_11:54

앗

-으음...
노동요를~

2023년의 마지막 밤

다니야
아빠한테 가자!

곧 12시다!

다다다-
다-다-다-
다다다-
다-다-다-

다-
다

디-디-
디-디-디-
디-디-
디-디

앗, 카운트하겠다.
빨리 틀어봐~!

어, 어~

안 하나?

그럴 리가~
딴 데 틀어봐!

아직
안 하네.

와~
사람들 많구나.

흠...
볼만한 게

다-디-디-
디-다-다-
다-다-

?

TV도 안 보고
있었던 것 같은데~

왜 이러는 걸까?

아....

정

쩍

그렇게 새해의 시작을 여는

환장의 콤비.

그리고

귀염뽀시래기 큰형님.

하지마까 앓이 와중에

마이웨이 막둥이.

새해 목표가 생겼다.

328

생각만 많을 땐

그. 냥. 하. 자 !

지각이어도
안 하는 것보다 나아.

그럼 늦었지만

나는 우주의
티끌 속의 티끌 속의
티끌 속의 티끌…

잘 못해도
괜찮지 뭐.

해피뉴이어

소심하게   은근하게

사소하게

출근 준비를 마치고

매일매일 똑같이 시작되는 아침

집을 나서기 전이면

차례로 인사를 나누는 진

늘 그렇듯이

먼저, 새벽에 제일 똘망똘망한 '도마'
↳ 그래봐야 나와 있는 정도ㅆ)

330

언제나 격렬하게 반겨주는 '단'

그리고 가끔은 깨어있는 '시미씨'

많은 것이 두리뭉실해졌지만

꾸준히 지켜지고 있는
사소한 약속 하나.

결혼 후 우리에겐
여러 세세한 약속이 있었다.

가족이 둘뿐이었을 때

331

문 앞에서 인사를 나눴다.

출근할 때~
내가 자고 있어도

꾹!

제안했던

출퇴근 없는
프리랜서가 된 후

시간이 지나고

이마에 뽀뽀는
하고 가!!!

이마저도 없으면
뭔가 일상이 너무
건조해지는 것 같으니까.

의식불명(?) 상태여도 인사는 하고 가기.

난 아무래도
일찍 일어나긴
틀린 것 같아.

그래서
말인데

이대로는 안 되겠다는 생각에

혹시 싸우더라도
이건 꼭 지키는 걸로!

응, 알았어~

(아마도 한차례 냉전이 지난 때였던 것 같다.)

때때로

아무튼 사소하게

역경이 불어닥칠 때에도

오늘도 평화롭다.

잘 지켜지고 있는 듯하다.

아침, 햇빛 샤워

알람을 바꾸지 않은 이유

어머!

왜냐하면 대부분

평소 알람에 맞춰 일어난 적이 거의 없다.

내 귀에 알람 방음장치

그 시간에 내 알람이

울린다고요?

알람이 울리는지 몰랐다.

아~ 그때, 시미씨 알람 울리길래. 어쩌구 저쩌구

주말도 마찬가지

왜 말 안 했어요?

적반하장

주말은 알람 다 지워야겠다.

장실 알람으로 변질되긴 했지만

그래도 요즘 평일 알람은

가끔 쓸모가 있다.

매일 아침

따듯하고 보드라운 단이와
뒹굴뒹굴할 때마다

분에 넘치는 안락함을 느끼며
하루를 시작…

하지는 못하지만.

2차 수면
속으로

모든 기척이 알람이 되는 김다니.

어머나~
세상에

반대로

하찮은
앞니가
너무 귀엽다. ♥

많이 피곤했니?

입 벌리고
자네~

한지붕 네 가족

나도 이렇게
건조한데!

헉!

집이 건조하면 제일 먼저 신경 쓰이는

?

우리 집 막내

습도계 체크

습도가 높은 걸 좋아하는 크레스티드게코.
밝을 땐 어딘가에 숨어 있길 좋아한다.

어우 콧속이
아프네.

물…

건조함에 잠에서 깼던 어느 날

337

이 공간 안에서 움직임도 별로 없어 보이고

관심도 싫어하고

뭐 혼자인 걸 좋아한다지만

도마를 보고 있으면

행복

너무 인간의 관점인가.

음~ 그럼

우리 집 살 만하니?

그러면 좋겠다.

도마는 행복할까?

가끔씩 드는 생각

혼자 있고 싶다

시미씨~
빨리 와봐!

아유~ 귀여워서 증말!

찰칵

도마의 마음은 알 수 없지만

어머! 도마
웃고 있는 것
같다~

기분 탓만은 아니길.

스타일도
바라는 것도
다른

경계

경계

ㅎㅎ
그래 간다.

좋은 시간
보내렴.

불은 끄고 가.

한 지붕, 네 식구.

버스 안에서

단이와 함께 대형마트에 갔던 날

버스를 놓칠세라

급히 앞뒤로 각자 탑승하게 됐는데

얼른 가서
닫아줘야지.

앗! 단이 가방 문
닫아야 하는데!!!

빼꼼히 단이 얼굴이 보였다.

* 반려견과 버스 이용 시, 이동장 밖으로
신체 일부가 나오지 않도록 해야 한다.

가방 문을 닫아주러 갔으나

아···
음···
??

어떡하지?

341

그래 이번에 내리니까…

저분 가시면
얘기해 줘야지.

어쩐지
일행 아닌 척해 버렸다.

소리없는
아우성

일행 아닌 척.

다행히

오빠, 아까
버스에서~

아~
그랬어요?

응, 그래서
아는 척도 못
하겠고 막
그랬잖아.

강아지를 좋아하는 분들 덕분에
귀여운 에피소드로 남은
그날의 버스 안에서 ♥

혹시나 해서

이미 알고 있는데도

주말의 동네 산책

자꾸만

343

실룩 실룩

단이야 엄마 간대~

뭐 자꾸 부르지?

다니 안녕~ 가~

이미 돌아섰다.

인간은 왜 같은 실수를 반복하는가.

그래도

아빠처럼 나만 찾으면 따로 가기 힘들었겠지? 다행이다.

작업실행 아으하

나쁘지만은 않다.

정신 승리

산책할 때 리드 줄도 짧게 잡고 통제를 많이 하기 때문에 그런 건가?

받아들이지 못하는 자 →

미련 없는 뒷모습

345

사랑과 집착 사이

진이 수줍게 던진 질문 하나.

처음 받아 본 강아지 행동 상담

상담이 끝나갈 무렵

뜻밖의 답변을 받았다.

100% 정답은 아닐 수도 있지만

개인적으론 무척

만족스러웠다.

분리 불안

자~ 지금 안아달라고 할 때 단호하게 밀쳐내세요! 손은 사용하지 마시고

분리 불안이 점점 심해지는 것 같아요.

앗, 네!

헉, 이거슨 동물농장에서 많이 봤던 상황! 남일이 아니었군.

안 돼!

음~

평소에도 강아지를 많이 안고 계시나요?

일단 아이를 내려놔 보실까요?

강아지 행동 상담을 받았을 때

더 단호하게!

아하하

초면에 오픈하긴 좀 그랬던 단호함

아무튼

일하다 문득

나름 적용해 보려고 마음을 먹자

정신을 차려보면

깜짝 놀랄 일들이 생겼다.

그랬다.

놀라운 무의식의 세계

날씨 덕분에 자동 분리

그 후로도 여러 번
신비한 체험을!

날이 따듯해지면서 단이도
안아달라고 조르는 횟수가 줄었다.

생기 넘치게

일요일 아침 (24.11.3)

주방의 작은 창은
대체로 열어두는 편이라

제일 먼저 그날의 분위기를
만나는 곳이다.

약속이 있어서 보통의 주말보다
일찍 집을 나섰는데

눈앞에 펼쳐진 휘슬 소리의 정체는

이리로~

큰 사거리를 지나는 마라톤 행렬이었다.

＊JTBC 서울마라톤 집결지가 상암경기장이었다.

이리로 오세요.

교통 통제로 차량은 많지 않았지만

와~
장관이다

멋져!!!

건널 생각도 못 하고 한참을 바라보는데

중앙선 안 쪽으로!

마라톤 행렬은 어떻게 건널 것인가…

여기서
있다가

뛰는 사람들이
좀 적어질 때

안내해
주시는구나~

자~~~~~ 알!!!

교통 안내인의 안내에 따라

잘~ 보고!

조심해서
건너세요!

앗!
지금인가?

시작된 눈치게임.

지금이다.

탁!

끄덕 아~! 끄덕

알아서 자~알.

신기하다.

휘슬 소리를 타고

이 생기 넘치는 분위기가 전달되는 게.

길을 건넌 다음에도 한참을 서서
달리는 사람들을 구경했다.

죄송합니다

으아

사선으로

뛰기!!!

작은 창으로 느꼈던 맑고 따스한 기운과

호루라기 소리를 떠올리며
천천히 걸었던 날.

oh my…

찰나의 마라톤 합류… (?)

에너지가 넘치던 거리

슬며시

평일엔 내가 아무리
늦잠을 자도 깨우는 일이
없는데 신기하단 말야.

주말은 개돌봄 해방의 날

주말

무
념

무상
))))

거창하게 말했지만 그냥 혼자 걷거나

그래, 나가자
나가~

할짝
할짝

주말이면 아빠를 깨운다.

내키면 카페에 갈 수 있는
그런 자유의 날이다.

물론 예외인 날도 있다.

어영부영 흘러가는 어떤 날들.

한없이 무기력하다가

하지만 그런 날에도

어디서
들어오는 거지?

우와~

집 안으로 드리워진 샛노란 햇살

와···

슬며시 있다.

화장실의 작은 창

밖은 이렇게
빛이 예쁘구나.

찬란하다.

단이야 이것 봐.
너무 예쁘지?

음···

수많은
슬며시 행복한
순간들이
있다.

행복은 슬며시.

살짝 망하고 조금 귀엽게

행복은 슬며시

초판 1쇄 인쇄 2025년 5월 14일
초판 1쇄 발행 2025년 5월 26일

ⓒ 시미씨 2025

지은이 시미씨
펴낸이 최아영

편집 최아영
교정 김선정
디자인 이해인
마케팅 이 책을 읽는 누군가
인쇄제본 넥스트프린팅
펴낸곳 느린서재 | **출판등록** 제2021-000049호
전화 031-431-8390 | **전자우편** calmdown.library@gmail.com
블로그 blog.naver.com/calmdown_library
인스타 calmdown_library | **뉴스레터** calmdownlibrary.stibee.com

ISBN 979-11-93749-18-0 (03810)